一樂詩選

李怡樂——著

讀一樂詩，一樂也

侯建州

　　讀一樂詩，一樂也。樂見菲華詩在華文詩的世界又交出一張鏗鏘的成績單！

　　因菲華詩人和權之故，與菲華詩人一樂有過數面之緣。敦厚木訥的一樂，總是和煦低調，節制沉穩的舉措中隱然滲出一種溫柔。此次捧讀詩人一樂的首本詩選，由詩觀人，更能在其中印證我先前的判斷無誤。就詩選中的詩作觀之，一樂亦如和權善寫小詩，兩人取材路徑自然有別，就產量與取材上自然無法與和權相比，但僅就所見詩作的精彩則各有擅場，一樣常能見詩的思智鋒芒閃現於篇幅迷你的字裡行間。如其開卷首作兩行短詩〈經典〉「亮閃閃／鑲嵌在光陰的箭鏃上」，第二句「光陰的箭鏃」將原已慣習的時間借代「光陰」，巧妙融合具象化為飛快移動中的箭鏃，頓時有了破風的聲響，亦在光陰旋轉間呼應了首句「亮閃閃」，譬喻「經典」在時光迅捷推移中的歷久彌新。帶著聲響的意象，一如箭鏃破紙而來，令人在兩行詩中自然通感聯覺，不得不激賞詩人鍛字鍊句之功力。這樣的功力自然非一蹴可幾，見其詩作〈字紙簍〉「精削細剁／扔下的都是蛇足」就可想見詩人如何細剁精削，如斯對文字的審慎，一如打造「光陰的箭鏃」的苦心孤詣。

詩人可謂在平凡生活中觀察取材，平易自然的用語中，可見一樂深刻的觀察中偶有幽默的靈光。例如〈天〉「小浮雲／製造大陰影」與〈地〉「敞開胸懷／旱澇都接受」前者善用小大對比的趣味，反思把天上的小浮雲造成大陰影的現象，暗合日常生活所遇，也與古典漢詩「浮雲蔽日」的意象旁通密響；後者將自然大地承接苦難「旱澇都接受」的消極無奈，翻轉為「敞開胸懷」積極面對，化負擔為擔負，在兩行詩中扭轉乾坤。這樣以豁達面對塞困的詩思轉換，在一樂的詩作中，俯拾即是，有時也自然呈現一種複雜的苦趣。如其詩作〈病中〉「把往事嵌在天花板上／鑑賞」，「鑑賞」一詞仿若觀者倜儻風流細細品味「嵌在天花板上」的「往事」，細思即知觀者因「病中」被相對「嵌」在天花板下的床上，亦無長物可玩賞，只能盯著蒼涼潔白的天花板盡情回想已經流逝的人生，把往事記憶細數以度日，深究即知其中折磨，愁腸曲折，教人不忍。在其錘鍊如匕首的短詩中，也能見諷刺的鋒利，如〈風趣〉「野草笑趴地／妄聽高論與吹噓／狂風自得意」或是〈身與影〉中的旗桿或〈心機〉中的蒼蠅，都用筆觸的客觀靜冷寫下心眼中的血熱，讀之失笑又能映照現實人生。有時亦有看透人生的深刻洞見，如以〈觀賞〉為題的詩作，借著被觀賞的魚，道出「令人欣喜的繽紛世界／除了水和空氣／其餘都是假」淡如格言的人生智慧，在詩題與詩中發言者的位置對映下，有了了然一切，無謂失去的詩趣。不論其中所寫是生存生活的悲欣歡苦，或橫眉冷或繞指柔，都是這名低調的筆耕者，正如其詩中的蜂，默默採集生命見聞嘔出的蜜，簡單而複雜，讀來滋味萬千，是一樂，是為序。

自序

　　我喜歡詩，喜歡李白的「動」（我舞影零亂），蘇軾的「靜」（明月清風我）；喜歡陸游的「愛」（家祭無忘告乃翁），岳飛的「恨」（怒髮衝冠憑欄處）。

　　我喜歡詩。驚嘆詩的領域，有宇宙般任人想像的空間。欣賞平白的文字背後，隱藏著深刻的人生哲理。作為從動亂時期走出來的人，要在新的環境中打拚，我可「動」卻不可「亂」。於是，我放棄許多個人愛好（樂器、棋藝、美術、書法和武術），但始終保持對詩的熱愛。特別是對現代詩產生興趣，從生活的感悟中，我試筆：

　　小浮雲
　　製造大陰影

　　這只是簡單的立體畫面。值得思考的是，小而輕的「浮雲」，憑什麼造成「大陰影」。其一，「浮雲」的「地位」居於高處。其二，它的背後是至高無上的太陽。這兩條件缺一不可。現實中某些事，與此極其相似。相信，和我有同感的讀者不在少數。

　　偶而，我看到可笑的宣傳場面，寫下幾行句子：

野草笑趴地

妄聽高論與吹噓

狂風自得意

遠方的朋友說，不懂。

有人認為，「詩，不可說」。我的詩，除了某種原因暫不便說，都可解說。

上述此詩以擬人的修辭方法，把「野草」「狂風」人格化，使其具有人的思想、行為。「狂風」和「野草」，顯示出一上一下地位懸殊，以描述一種社會現像。「狂風」妄言「高論與吹噓」，「野草」姑妄聽之。「風」非常得意，醜態百出而不自知，以為「野草」在膜拜它。

誠然，「狂風」具備狂的實力，但有其季節性的限制。紮根於土地的「野草」，其智商並非「愚」的級別。特別是它「春風吹又生」（唐・白居易詩句）的堅強意志，千古傳頌。

我們常會遇到這類貽笑大方的情形，此謂可笑的「風」的「趣事」，就以「風趣」作為詩題吧。

讀詩、學詩和寫詩，是我的興趣。在人生旅途記錄我的經歷，以及對人事物的感情、感應與感悟。

當下，流行問答「三觀」。欲知三觀者，歡迎來我詩中尋覓，請問「能飲一杯無」（唐・白居易詩句）。

CONTENTS

第二輯　情海因緣

第三輯　人海拾趣

第四輯　腦海頓悟

附錄

第一輯

詩海浪花

經典

亮閃閃
鑲嵌在光陰的箭鏃上

波濤

原本是柔情動人的
詩篇何故朗誦成
激昂洶湧的喧嘩

天

小浮雲
製造大陰影

地

敞開胸懷
旱澇都接受

辨

觀雲動　知風的行蹤
淚潸潸　是喜　抑慟

低調

不與衝撞　山泉
柔抱石頭後繞道奔流

眼

即使望不到未來
仍堅持向前　看

鼻

雖分左右卻同呼吸
香臭與共

手

拿捏
捨與得的分寸

足

左七情右六慾
走完一生

爐

歲月似火熊熊地燃燒
萬紫千紅　皆餘燼

有感1

藥與病日久　生情
人與病則無法離異

有感2

無關花的顏值
來回忙　採蜜
工蜂　懂品味

病中

把往事嵌在天花板上
鑑賞

冬景

紅梅枝頭笑

白雪隨風舞姿妙
詩句費推敲

吻

悄悄地給你植入
癢　讓你牢記我：
蚊

天堂

竟相信天上有仙境
飄泊的雲灑落淒涼的
鄉愁

芍藥

愛　方有此甜美的笑容
情深　芳香沁入心肺

番薯

藤不屑高攀　孩子們
皆土生土長　特健壯

殞石

耀眼奪目時
一失足　便成荒野裡
醜陋怪石

好詩勝臘梅

冰封雪凍
仍禁閉不住撲鼻的
清香

盲人

用心緊握　剛直的
拐杖　努力不偏離
正道

涼夜

枕著大地觀星移斗轉

風踩著草尖來　傳送
她的思念　於夢中

風雨後

路有積水
映現誘人的美景
行人小心啦

非醉

孤寂把一杯杯感傷
喝下去　洗滌往事
回憶似晨風　清新

小詩

情感與慾望十三支
彩筆精製思想的火花

沙堆

緊緊團結在一起

大風颳來
各逃之夭夭

美夢

嘴角還來不及收回
笑意　風雨已在窗外
呼喚你去上班

淡然

有風言霏雨
湖面微皺了皺
心卻很平靜

歸

風說漏了嘴
雲把自己哭成雨
回大海去

風趣

野草笑趴地
妄聽高論與吹噓

狂風自得意

字紙簍

精削細剁
扔下的都是蛇足

茶壺

嚐我腹中的思念
方知久憋的滋味

燈罩

甘願背負著黑暗
把光明送往需要的地方

煙灰缸

你吸盡興奮盡
殘留愛的餘燼

電話

擰思絲作導線
持斷藕聽唐山夜雨

冬梅

別怪綠葉慫
真美無需陪襯

難言

風摧雨　叩問心窗
窗口緊閉　潸潸淚下

壽

自岩縫裡掙出　松
炎涼難侵蜂蝶不愛

浪花

敢與阻擋前進的礁岩
以死相拚　壯烈狂笑
特激奮人心

偶遇

葉間有蓓蕾

絲雨潤澤天姿美
含笑更嫵媚

巧遇

回眸笑我癡
眼神恍如玄奧詩
欲讚卻忘詞

欣悅

難忍困居室
溜出解饞享美食
即興賦新詩

靜

月光洗滌世間的噪音

意已靜念猶在
依稀有蟲豸細泣

第二輯

情海因緣

秘方

思念
是強力漂白劑

妳　一帖
專醫我的秘方
可激發我的烏髮
重生

茫然
我丟失了秘方
隱隱的痛
已逾越心區之外
流竄全身

哪去了？芳

心寒

山　必須高聳
方能進入雲的境界

雲聽風言風語
情緒輒親疏不定

常被雲忽悠
山頭髮雪白是心寒

嚐與賞

你帶佳茗來

我品你的香
你嚐我的韻
好茶
好茶
對視而大笑

突想起昨夜
我們交換賞詩

擱淺

寂寞沙灘
緊抱著
孤獨空船：

結伴過日子好嗎？

難

枯候岸邊
思緒共水漣漣

也許用情絲垂釣的
直鉤[1]款式太古樸
魚掉頭離去

晚霞已現
是佈滿惆悵、依戀
帶羞的臉

---

[1] 直鉤：傳說姜太公曾用過。

孤星伴月

眾仙讓位
天大的寂寞留給
嫦娥

惟你不離不棄
成了皓月身旁的
亮點

約

凝視對岸
斜斜晚風
搖動著空船

月喃喃：
「我已圓
你在哪？」

燭淚

情　於芯頭燃燒起
熔化了凝凍已久的
思念　滴落下
炙熱忍痛的往事

一行又一行
含悲飲泣的詩句

給山

歷盡
彎曲的麻煩
坎坷的艱難
始終滋潤著你
繚繞著你

我是溪

花。很詩意

綻放
令人心喜的花
必有詩意的果

君不見
夜間淡雅的曇花
婀娜多姿水仙花
那是用精誠培植
專供晚年
溫馨珍貴的
回憶

網。無解

很調皮
風把葉子推落
花叢間的
網絲上

蜘蛛說是緣份

你既無法擺脫
就相互陪伴一生

土木情

風對柳說：
「跟我去旅遊」
柳搖搖頭

流水嘻嘻笑：
「一起結伴走吧」
柳搖搖頭

柳彎下來對地說：
「我不會棄你而去
決不讓你土崩分裂」

攝影

無論
煙雨青山的淡定

抑或
夕陽晚霞的驚艷
凡被眼光鎖定
都收藏在心底

待相逢
與她分享

落花

風雨夜　惦念
蛛網般張開　思絲
皆閃亮著牽掛的
淚珠

飄落的花瓣
是妳輕柔的回應？

玫瑰。有刺

愛的過程是

情竇未開
漸漸地含苞待放
而妳，已成熟展出
可隨時奉獻的
嫵媚　誰會防備
笑臉之下有現實的
尖刺

早安

冷寂的清晨　給你
溫暖輕聲的　問候

回應你昨夜請月光
送來深切的　掛念

寄情

靜夜彈古琴
明月諦聽感傷音
曲終熱淚噙

雨夜追憶

她回憶
往事促時光倒退

風追趕
毛毛雨向前急奔

來不及閃躲
竟被撞返現實
風雨中渾身冰涼
幸虧心努力熱著

月光

心窗為妳開
越洋思念湧進來
豁然今明白
相隔遙遠也無礙
彼此有
真愛

為妳而詩

夜深了
一杯黑咖啡是盞燈
讓思路更清晰
窗外
風彈和弦雨打節拍
給新詩配樂

為妳朝北方
輕聲地吟咏

需求

只要一次
目光的交會
我的腦海將整日
盪漾著你的秋波

請輕抬你的眼睛
向我
飛送一縷溫馨

即使是一秒
也足夠舒筋暢脈
我的心葉

別讓狐疑滿腹的
酒瓶醉倒於桌下
當我的身影
從你的小手、細腰
漸漸的升抵面頰
請輕抬
你的眼睛
向我……

搭檔

或誇旗子是俊傑
或讚旗杆志不移

旗迷冷嘲杆僵化
杆迷熱諷旗善變

查歷史它們竟是
天生的搭檔

藤

堅和韌扭結成
具東方特色
嫁牆隨牆
嫁樹隨樹
舊傳統的
柔。自情竇破土而出
就註定與君共榮枯
稀枝少葉　　何妨
有花無果　　何妨
時光嫉妒又何妨
聽風當歌唱
掬雨作酒喝

不離不棄盡一生
一世的　纏綿

梅花情

凜冽的風傳送著
紅梅唱給白雪的

情歌：

你輕輕飄來
擁抱我一起觀賞
嚴寒的世間
在你消失在我凋落
之前

雪

潔白輕柔而飄逸
冷傲仙女一甩袖
震懾了人間
爭香鬥艷者全匿跡

雪　漫遊山川田野
僅結交松
竹
臘梅

愛上她

以高度熱力泡她
黑黑不起眼的咖啡

當獨特異香
進入體內
你興奮思清意明
奇詩妙出

若真愛上了
一輩子離不開她

不凋花

美顏　總是遭妒風摧破
彩霞　驚艷的曇花

花樣秀麗
是妳的別名至今
仍映現於腦海
清香淡雅

摯情

花　紅艷地盛開
切記得與綠葉共濟
於乍風乍雨的
那時光

花　總是率先凋謝
葉子仍始終信守
在相知相惜的
那枝椏

茶香詩韻

經歷了各種煎熬
憔悴　孤寂
渴望滋潤的茶葉
期待　最高熱情
愛的擁抱

水　全力給予
極深切的溫存

茶　回饋以獨特
香韻　供久久
品味

品茗

以熱情衝泡香片
等妳共「香」受
妳帶一盤月光來
同我品嚐
這茶　月的
「鄉」味

當杯中騰起濃濃的
香　妳我都在「鄉里」

茶香

枯萎的心
迎來
熾熱的柔情

滾燙的愛
穿透每一條經絡

心葉無保留地
回饋
綠色的清香

飛蛾

蛾子
苦苦地尋找

瞥見
蠟燭
燃著熊熊的戀火

毫不猶豫　它
撲向愛的懷抱
將生命獻給
光明

人參酒

酒　欣然接納
人參　進入瓶子裡
慢　慢地釋放
精華　融於酒
之後有了
新　命名

關鍵

關閉之前
稍開一線細微的
機會讓猶豫的人
有珍貴的瞬間
決定　去
　　　留

思潮

把圓月關在窗外
仍阻擋不住
十五的思念於腦海
漲潮
浪濤一波波拍打
腦門：噯　噯　噯

刻印

愛為刀把妳的姓名
每一點每一劃
深深地刺入我的　心

百年後
仍可鑒證　此情
鮮紅如　初

第三輯

人海拾趣

明月啊

地震撼過
颱風摧過
導彈轟過
到處滿滿的狼藉

望夜空
一臉滿滿的無奈

念友

妳居岸上　我坐船
心頭共有一輪　月

度中秋
濤聲陣陣傳邀約

荷塘

出身汙泥
共飲一池水

互不歧視異色的花
綠葉撐起一團和諧

走過去

溪流湍急　　何妨

欲到達嚮往的彼岸
實現久盼的夢想
以勇氣加毅力
走過去

沒有掌聲　　又何妨

無關手機

一眼望去　許多
彎腰低頭的人

惟國旗旁站崗者
昂首挺胸

喜悅

綠葉　勃勃
感恩農人細照料

稻穗　成熟
累得彎腰心在笑

無奈

拖著一絲氣力
在人家屋簷下謀生

更要盡心　編織
不招風惹雨的　網
隱身於對立的夾縫
靜候時機。蜘蛛啊

何故

隨潮流湧來的
垃圾　即使退潮了
仍聚集在岸邊　賴著
不肯離去

鼓掌

用力
拍打出響亮的
恭維

為何
牽扯十個指頭
自相碰撞

還綻開
誇張的笑臉

歡呼

高舉V姿的雙臂
田邊的紅花綻放
妳的喜悅

激動呀
是眾人勤奮的手繪製
這豐收景象

手指

沾沾自喜
食指　勾動了板機
槍　吐出的證據
如至命的子彈
擊中目標的心臟

可別忘了
關鍵是
食指的四個兄弟
緊緊地掌握著
槍的把柄

世態

連不認識的人
也會圍攏過來想
沾光　你是夜明珠

你若是「銀河落九天」[2]
身旁的人都急忙
閃躲　怕濺濕

憂

聽說
又要漲價

---

[2]　唐・李白的詩句。

從超市回家
整理餘款
紙幣上
總統祥和的
臉容與光潔
前額
竟浮現數條
皺紋

宴席拾趣

微醺
如風中紅玫瑰
笑得傻傻的
特可愛

裝醉　似
老式壁鐘吊錘
搖晃著　時辰
卻分秒不差

咖啡香

看不透墨色深濃的
咖啡　仍堅持品嚐
這原汁原味的人生

只因喜歡它
溫熱提神的　苦
靜悄悄地散發著
馨香裊裊繚繞於
家

鞋子

承擔
你身心的全部重壓
踩踏人生路
　忍受荊棘的冷刺
　忍耐汙泥的無理
都是尋常事

呵護著你前進的雙腳
不離棄

琴

隔離　悠閒在家中
防疫　口罩遮愁容

心有情絲　萬千弦
意無真誠　莫撩動

風戲雲

遨遊於藍天
浮雲很困惑
總是莫名其妙的
被拉來忽又被推去
玩弄它
飄蕩的命運

天宇下
變幻叵測的現實

故意

於人生的航程中
擱淺：
是初心的堅持
是淡定的等待

當良辰來臨再啟動
奔向新征途

麻雀三願

匆匆忙忙
幾隻麻雀於竹林
躲藏渴望著：

願　眾生的
人性源頭湧現出

善念甘泉　願愛
成為世間純淨的氧氣
願每個人都沐浴於
平安陽光下

天敵　豈止是人類

高歌

人身上有個東西
平時很柔順
若忍不住熱血勃發
硬直起來
帽子也載不下去

無視自家的孤寡
弄些外來贍養
老人激忿
高唱岳飛「滿江紅」

路

叢林與高山相擁
隱蔽的荊棘是叵測的現實

攀登者唯化初心為羅盤
以堅定　踏出人生路

中秋夜雨

新冠烏雲滿天
屏蔽皎潔月光

嫦娥飛灑淚點點
化作滅活疫苗雨
祈顯神奇救人間

桌上擺放思念
今夜全家人心願
何時可圓

致地球

只因你搔癢
輕微挪一下
嚇癱了美麗風景
嚇壞了男女老幼
沒嚇死病毒
卻逗樂貪官奸商

百姓很膽小今後
請別隨意動

避世

戰火通明導彈奏樂
病毒齊歡舞

人間沒有桃花源
也別去深山尋仙
求丹藥

卸下血肉桎梏

融入水晶共享
清靜於永年

避疫

朝陽呆呆
山野上閃爍
昨夜濕濕的悲傷

被隔離的人
竟自隱避於舒心
安逸的夢境

怎奈腹腔清零
重返現實的桌面
靜默地咀嚼
方便麵的風味

人生橋上

時光

在腳下悠然帶走你
童年的幼稚
少年的懵懂
青年的偏激

你來到橋正中
看往昔隨流水已逝
加快步伐
奔向理想的
彼岸

雷電

轟隆隆　狂笑
震破漫天的沉鬱
詭異的裂痕閃爍著
翹望的光芒

竟然要如此折騰
始得　甘霖

滄桑

本是巍巍的山峰
你曾是它
腳下淚漣漣的溪流

而今碧波萬頃
日夜不停地撞擊它
儘管已成傷痕累累的
礁石
仍挺胸昂首堅守
尊嚴的
底線

墓園秋涼

靜坐如墓前肅立的臘燭
腦中閃動著哀思的火焰

瀰漫著冰涼
墓園裡

是燭光少了還是
深秋的緣故

人品

切莫外露
更忌炫耀
凡心愛之物

借或不借
費思量
看不透也測不準
蕓蕓眾生中
孰劣孰優

叵測

遠山白雲青松
靜默地觀賞
雄鷹們敞開胸懷
翱翔　高雅的表演

鷹俯視著　渴望
草叢間野兔出現
如隱藏亂石堆
持槍瞄準的銳眼

歷史

光陰　急速的飛刀
割不斷
成王敗寇的觀念
威懾不了
貪賄者　野心家
貧困　腐朽　邪惡……
依然存活

歲月　無奈
把一個個故事
串連成厚厚書冊
全不在乎
誰痛快　誰痛哭

心境

與夕陽同步
黃葉徐徐地飄落

相約明年春天的
某清晨　再見
妳的心境恰似深秋
一行行詩語　書寫
在兩頰上

祈晴朗重現
彩虹　為妳的思念
搭橋

草性

草自傲早已名滿山野
到處都有朋友

松樹問岩石：你腳下
是些什麼東西

「無名　大家叫它
雜　草」

聯想

儘管背後有
你曾經的精彩
仍必須正視
眼前的現實

茫茫嚷嚷的
人海呀
船　特堅強
也得忍受
颶風惡浪的
欺凌

蜜蜂

忙碌於花叢中

採集精華
從來不意圖私吞
乘人類劫難發財

誠心把最甜蜜奉獻
只想給人世間添點
愛

救命藥方

有種病毒人類必須具備
如綠葉需要陽光

檢測呈陰性者　不妨
大劑量注入此病毒
恰似甘霖
滋潤了龜裂的土地

這救命藥方　名叫
金錢

塵

風乍起
難免有幾個腳跟不穩
雖往高處飛卻依然
渺小

看似渺小
其實無所不在之大
偶而失察
便會沾上灰色的印記

衣褲上的印記無妨
若灰朦朦的蓋在心頭
即使輕淡淡如蛛絲
仍特別
沉

致落葉

該綠的時候
你已盡力

如今你重溫
盼望已久的故土芬芳
莫悲哀
當秋風從背後推你下來

春會帶給你信息
任何時刻
風景無不歡迎你的綠
而你重現枝頭時
可別忘記
秋風必定再起

夜香花

夜深了妳悄悄
來帶著濃鬱的
香味薰染雅室

夜沉沉有何懼
來杯烈酒伴醇
香除穢驅邪氣

感懷 ── 中秋夜

熬過彎與屈的艱難
妳漸漸地充實了
把全部的溫熱溶入
光　獻給人間

人間有即興賦詩
也有邀妳對杯
千家萬戶的餐桌上
今夜隨妳而圓

圓　百姓仰慕的
心願

自信

不必蜂飛蝶舞
來捧場更不屑
給劣質瓷器作陪襯

嬌羞的容顏

含蓄的氣韻
淡雅的芬芳
交集成令人心儀的
靈秀

秋葉

離枝
是預感嚴寒侵襲
擔心鮮綠的初心
將被改成枯黃

不如歸去　大地
母親永不吝嗇
溫暖

給您的祝願

夢境裡很美妙
想擁有這一切
成為今生奮鬥的

真正動力

夢偏愛深夜
想撕開黑幕見晨光
成大多數人
真心嚮往的目標

火山的沉默

晨風
逗弄著綠葉青草
美景如畫如詩

遊客們欣賞
遠山裝睡的身姿
卻不在意
白雲寫在湖面上的
暗示：走獸
飛禽因自由而任性
山的胸中正壓抑
滿滿的怨氣隨時
噴發

或許

放棄天賦華麗的
形象與盛名
孔雀讓人把它們的
意識永生於虛擬中

一個物種消失了
卻活著　只為
恆久炫耀　人
神級的智慧

玄奧

太空　晦澀的長篇
燦燦的文字之間
朦朦朧朧的暗示
詩境無邊

駕你的天馬應加鞭
盼感悟携手紅顏

尋覓宇宙的奧秘
億萬年

清明掃墓

這裡
不被新冠病毒威脅的
領域

我來點亮感恩和懷念

悼長春兄

歲月　曾教你
看清江湖的面目
無意間卻令你
腳下坎坷

如今消除了所有的
煩惱憂傷和遺憾

讓你輕鬆地飛離
五行外　意識永生

中流砥柱

人人讚美
花前月下的觀賞石
形容堅貞的愛情
適合嗎？

抑或
那歷經塵世間惡浪
殘酷衝擊的
砥柱？

竹香

新晨立於竹旁
吸取綠意
節節提升的品性
葉葉低調的謙卑

站久身上竟有了
竹香

命運

風與雨共舞
散發一片片
花瓣

飄落大道上
來不及躲避車輪
飄落詩人的掌中
珍藏詩集裡
飄落於溪流
遊覽
天下

立場

海潮　盡管

千糾萬纏　盡管
激情洶湧地
衝擊

挪動不了
礁岩的腳跟

歸

生活是四面八方
瀧瀧淹壓過來的水
踩著莫知深淺的路回家
勞累的泥巴還黏在身上
一絲絲笛聲已催醒
一縷縷炊煙

微笑

帽子端莊地
掩蓋著無髮的腦殼
眼神的真相

全靠墨鏡保密了

你抿著嘴　笑
似某現代詩

黃昏別情

夕陽
驪歌末尾的句號
晚霞
耐人揣測的餘韻

離鄉人
徒手赴戰場的勇士
送行人祇看到
「無限好」

月的慰藉

夜空黑茫茫
多虧有妳

靜靜輕柔地溫暖
人間增添了
遊子對故里的鄉愁
寂寞時輒想飲
妳的桂花酒消煩
解憂

醉倒廣寒宮
在夢中

心湖

風　總會侵襲

清晰的人間美好印象
突遭核爆般天地易位
時空全扭曲模糊了
欲平靜如鏡
難　難　難

另類番薯

一派
正人君子的形象
藤長葉茂
沒有招蜂
引蝶的花
暗地裡
結出一個個
果

藤說

選中
又粗又壯的　攀
儘管衰老了
鳥不理蝶不睬
繁茂已不再
只要還挺立著
趕緊
繼續努力　攀

獻花——亡人節偶感

在水泥混凝土裡
高枕冬眠不再
受喜怒哀樂戲弄
不再仰慕朱門酒肉
不必沉淪於
各種爭執的聒噪
不必理會世間的
寒暑與風雨

今日被甦醒了
一束束親情
一朵朵愛
一陣陣濃香

若非……

若非風吹
花豈有意
掉落流水怨無情

若非風吹
葉欲歸根
豈願飄零哀身世

若非風吹
心湖似鏡
豈泛漣漪生煩惱

餘燼

人生道上
歲月熊熊地燃燒
霹靂啪啦聲中
萬紫千紅
皆成一坨坨
餘燼

萬聖節即景

多豎了幾塊墓碑
增建了幾座新屋

路旁青草蕭立著
向石階前的枯黃
默哀
桎梏於玻璃瓶的蓮花
香燭無煙也無淚
靜靜閃亮著思念

樹葉搖搖頭
回應晨風的探問

抗疫組詩

入侵

病毒飛滿天
疫情嚴峻加謠言
多國染肺炎

擇優

首選繁殖地
人體舒適病毒喜
何須問國籍

煎熬

冷風欺寒窗
黑夜漫長盼陽光
青瓦積白霜

中醫

救治有秘方
優良傳統豈能忘
劫後倍興旺

第四輯

腦海頓悟

藍

一滴水
晶瑩無色

江、河、溪無數滴
融合成浩瀚海洋
比天更
藍

嚐

把幾種調味品融合
成人生咖啡

咖啡不是純黑
苦也非其全部
稍帶點辛酸
若毅然舉杯
溫而馨沁入心脾
或自覺有細微的
甜

玻璃杯

透明　我的原則
斟上烈酒
你頻頻索飲　暈頭
倒入熱茶　燙嘴
都怪罪我

被摔成千萬碎片
我依舊　透明

意象

別質疑
魚　嬉游藍天上
穿梭樹梢間

眼見為實
心湖裡的世界
特奇妙

壯舉

瀑布為自己
俯衝的勇敢
鼓掌

雄雞為自己
仰首喚醒了太陽
高歌

偶感

風助雨　撒潑
忍看四處殘花落

是誰
編撰人生戲
台上狂歡
垃圾散滿地

坦然

敢站立於陽光下
豈在乎影長影短

躺倒時身與影合
任你說

心湖似鏡

微塵輕觸
泛起層層的疑慮

熱風吹拂
激情翻騰不已

黃葉飄落
引發一波波煩惱

如今
該是冬藏的季節……

時光

燃　虛假為灰燼
煉　情感成真金
燒光滿頭的烏絲
煮熟堅定的信念

這沒有終結
熊熊的　烈火

謊言1

柔潤甜美的
口紅
塗抹於承諾嘴唇上
信譽便成了
被秋風呼來喚去之
落葉

謊言2

謊言　油光閃閃
透明的腐蝕劑
比鋼鐵還堅固的
誠信　終究
被消損而百孔
千瘡

風吹1

春風輕柔的搔癢
新枝嫩葉們
興奮得眉飛色舞

老樹幹漠然不動

風吹2

雲濃雲淡

變幻著萬千姿態

全由風作主

敢問崎嶇人生路上
誰是
風

心無皺紋

少年時在歲月裡
暢游　中年後方知
潛入尋寶
不經意　滿頭滿臉
被刮出了
一條條傷痕

幸虧無恙
這顆心

信心

不畏雪寒冰凍
禿枝堅信
春　必定歸來

必定孕育出
千朵紅
萬片綠
引靈鳥吟詩
逗彩蝶醉舞

橘

眼前　妳還青澀
未來是尊貴的金黃
從外表至內心
飽滿的　美

祥瑞了千家
　　　萬戶

柚

綠葉掩護下
幾乎找不到你

別躲了叫的就是
你⋯⋯YOU

鳥語。花香

小鳥上竄下跳
評價著花香

綠葉疑問

工蜂說
我專注採蜜
不計較香

有感

要清除
半夜裡悄悄滋生
又短又硬
還會刺人的鬍子
總免不了刮傷
自己的臉皮
這拿捏分寸

法官亦難

苦

從外　苦至內
從頭　苦到腳

似明目清心的
苦瓜　不會把
苦　傳染給別人

苦　詩創作時
推敲

身與影

餘暉說，旗杆你的
影子倒在垃圾堆上

「身後事任評註」
旗杆仍頂天屹立

寫

一直
磨著自己
用毛筆
一葉葉　　寫
一節節　　寫

　　　　　寫
一幅墨竹[3]

---

[3]　此詩當初是以直式排列。

日記

陰晴　對錯
和哭笑
裝訂成幾本

珍藏。僅供細讀
無法修改

題自拍像

旅途上
歲月如飛刀掠過
閃身避開了要害
卻削去我頭頂
三千烏絲
倖存的雙鬢
與耳朵私語：
我們犧牲無妨
須保護好
心臟

燭願

被
黑暗
冷凝成
紅蠟燭
請點燃
我的信心
終身撐持
光明

青松

孤傲立峰巔
蒼茫眼前是人間？
揚枝問上天

浩然正氣鮮
隱避深山斷俗念
長生已忘年

虛與實

俯首　魚翔在樹梢
抬頭　浮雲朝我笑

若非親眼見
不信可混淆

攀登之悟

不忘初心意志堅定
是信念
支持雙腳
繼續向未來前進
是健康

晚霞

夕陽的臨別贈言
是絢麗的　畫

七情畢現
是最精彩的　詩

水

從來
沒有攀高的念頭
流　為江為河
為投奔向大海

留
為潭為湖
為　修淡泊
如深邃的藍天

大海說

把生命所有的熱量
釋放給人間
天際的雲燃燒了
異彩　映照於心海

你若欣賞旭日
七情俱全的晚霞
更值得讚頌　夕陽
無私的奉獻

奉獻

陽光把能量
贈送給人間萬物

葉子竭盡全　綠
讓容顏各異的花
都展現鮮艷

人類接受陽光的恩賜
而綠葉精神呢？

橋

喧嚷不休的江流

割裂了疆土

欲東西溝通
非我莫屬

意志

現實的汪洋
風暴　浪更惡

山　堅定
巍巍於心海

拾趣1

飛落紙花上
大蒼蠅翹起屁股
自以為是

蜜蜂

拾趣2

塗滿口紅的紙花
接受蒼蠅的親吻
幻想自己是

玫瑰

紙靶

白紙
圈藍點紅後
掛在牆上

新多眼睛注視著
紙感到特風光

迎來的是
一支又一支
飛鏢

心機

蒼蠅
嗡　嗡　嗡
拍打雙翼
繞著你
唱「生日快樂」

你轉過身時
它的腳
驟　落蛋糕上

梯

質材、尺寸相同的
一塊塊木板
被命運或置於上方
或安排在中下層
製做讓人登上高樓的
人生路

月餅

兒童時
喜其香不懂享受

患糖尿病了
惟淺嚐一小口
追回
甜甜的歲月

光。影

不分貴賤
在光的逼視下
都得顯現自己的
灰影

不分人種　影子
同樣是暗淡
畏懼光的人只好
面對灰暗一輩子

觀賞

魚說：
令人欣喜的繽紛世界
除了水和空氣
其餘都是　假

雨

順風意　飄浮
雲無骨無肉　很輕

載不動時
感傷而落淚

畫技

窗　心胸寬廣
容得下蒼山　藍天
但相距遙遠

只需畫筆蘸誠意
寫請帖　連忙碌的飛燕
都趕來赴約

規矩

屋子裡
門框　窗框
像框　鏡框

家中豈可無框框

拍手

相距越遠
思念越強烈

猛然碰面驚喜聲
非常動聽

出海

風勁
帆如弓船似箭

弓滿即是令
箭　穿濤破浪　認命

牙齒掉光後

長大了
上齦生牙，下齦也生
咬著，同種語言
咬著，一樣食物
咬著⋯⋯咬著
歲月乃是鐵。漸漸
上牙掉落下牙也掉

想當年，無牙
兩齦親密
合作，吮取慈母的乳汁
口腔內即刻充滿一個

甜蜜的
名字

中華

醫道

病婦誠求醫
佛陀正座彌勒笑
難解其中妙

幻景

酣酒生美夢
追名滾利皆暢通
醉醒都是空

穿越

踱步誦唐詩
歷經戰亂和盛世
恍然未自知

不願醒

當下是意識
於三維度裡做夢

心中的各種不滿
盡情地發洩如暴雨
擊打著地上萬物
激起多樣的笑聲
喧嘩瀰漫又世間

惟少數人　不願醒

人非草木

春風吻過
草木黃了又綠
竟與時光較上勁

額頭卻承受不住
冷酷現實的巨輪
被歲月輾壓出
一道又一道車轍
難平復

攀登

藍天遙不可及
青山就在眼前　高處
有你追求的目標

無畏　怪石
　　　荊棘
　　　崎嶇

坐頂峰上
笑　　看腳下雲霧

巨測

深邃而豐富如星空
手機的智能寰域

清晰可見　世間
病毒在隨意亂竄
導彈協奏曲與人聲
大合唱　震撼天地

卻　檢測不到人心
被誰屏蔽了？

頑強

世事艱澀　如置身
堅硬乾燥的岩石群裡

僅需一絲絲縫隙
輒萌生一簇
鮮綠亮眼的
　　春意

生活

咖啡　等待
熱烈擁抱、溶化
他的情

獨特香氣　發自
茹苦、磨煉的
　　生活

編後語

　　在和權先生積極熱情的鼓舞和全力的支持下，我的短詩選集終於出版了。借此，再次向和權先生表達我最誠摯的感恩！

　　讀者若能於我的拙作中，獲取某種領悟、啟發或詩趣。這之前我們為詩集所付出的辛苦，也就值得了。

附
錄

賞析和權的〈日暮西山〉

李怡樂

　　菲華傑出詩人和權思如湧泉，精彩詩篇令人目不暇接。筆者就和權發表於臉書上的〈日暮西山〉，與讀者們分享讀後怡悅。

日暮西山

此心如結網的山寺
久無人跡。夕陽斜照
僅能照見石階上的青苔

青苔了的思念

　　「此心」之「心」字，在這裡非指肉體器官心臟，而是指思維器官、思想、感情等。抽象之「心」。
　　「山寺」，建於山中的寺廟。以「山寺」喻「此心」，有遠離塵世，靜養修身之意。因「久無人跡」，寺內蜘蛛結網，寺外石階上長滿青苔。詩人彩繪了「夕陽斜照」的美景，以表達此時此刻「此心」的情境。詩中有畫，「最美

夕陽紅」斜照在石階的青苔上，呈現出讓人有沉鬱之感的色調。

青苔，一種生長在陰濕之處的苔蘚植物。心情鬱悶是謂陰，憂傷以淚洗臉是謂濕。「青苔」輒是在這陰、濕的「石階」上滋生蔓延。

第二段只一行詩句，「青苔了的思念」。很明顯，詩人以「石階」喻「思念」。這樣比喻恰當嗎？

「石階」，是「山寺」與外界聯繫的通道。

「思念」，是「此心」懷念故鄉、故人（遠方的人）的一種無形的思「路」。

詩人取兩者間共通之處，經過對有形的事物（景物）的一番描述，使讀者「看」到無形的「思念」。青苔覆蓋在石階上，即是鬱悶與憂傷籠罩著思念。青苔有多厚，思念就有多深。多麼高明、形象又新穎的比喻。由此可見，詩人創作時想像力之豐富，文思之縝密，才能有如此神來之筆。

林泉的〈鏡〉欣賞

李怡樂

《玫瑰與坦克》（菲律賓詩卷）裡，有段評語：「在菲律賓詩壇中，林泉是位能入古今，縱橫中西的詩人。他的現代詩和他的古典詩詞，同樣享譽文壇……」。讀林泉的現代詩，常有「風泉滿清聽」的感受。我想，這是詩人於現代詩創作時，能古為今用，蛻變出新「招」而產生的藝術感染力。

像李白〈月下獨酌〉的意境，在林泉的筆下是：

> 於月的銀燈下，
> 我獨斟一杯濃濃的夜色……
> （〈中秋月〉首段）

詩人流露的感情是真摯的，所表現的是與其性情相符的文靜好思，而不是牽強仿造「舉杯邀明月」，或「起舞弄清影」的豪放。類似「高堂明鏡悲白髮，朝如青絲暮成霜」，這種對歲月匆匆，人壽幾何的感慨。詩人在「生命之歌」一詩中曾如此設問：

老年人頭上積雪的光輝

是否與一根火柴燃燒的過程相似？

也許受古典詩詞的某些影響，林泉的現代詩的意象婉約
而斑斕。「積雪的光輝」，形像地描繪白髮與歲月俱增的情
形，跟「一根火柴燃燒的過程」，一增一減；一寒（雪光）
一熱（火光），看似文字上的對比，卻有引人「尋味」的暗
示。詩人問是否相似，顯然另有所指，讀者可能有多種詮
釋。詩人藝術技巧的高明之處，就是留下寬闊的餘地，讓讀
者想像的翅膀去飛翔。

詩的創作，從錘詞煉句到擬定題目，樣樣都具學問。絕
非把一篇平鋪直敘的白話文拆開，分行排列成詩的模式那麼
簡單。

有種表面清淡的詩，卻要慢咀細嚼才能體味其真意。林
泉的〈鏡〉就是這類型的詩：

看來它是屋後那條清河

被剪貼在木框上的

潺潺的河水如今是靜止了

如今是更加清晰了

可是我乃錯誤的

木框上那條河於靜靜中依然在流

不然我的童年呢？

我青青的鬢髮呢？

　　詩人分四個層次經營此詩，而不只是傳統上的起承轉合。此詩前三段寫鏡子在視覺上的觀感，尾段以不作答的自問方式突示主題。全詩文字淺白易懂，語氣平順。

　　詩中以「河」字所含的韻母入韻，詩中的語尾詞「河」，「的」，「了」，「呢」都唸輕音。顯現詩人淡定自在的心態。

　　鏡是靜默的固體，河水是流動的液體。以「河」喻「鏡」，正如「鏡」「月」相喻，取其能「照人」的共同點。展示靜中含動的意象，以下各段的詩意就以此漫衍。

　　讀者仔細欣賞就能體會，全詩描述的，都是「看來」的。

　　「看來它是屋後那條清河／被剪貼在木框上的」。詩人運用比喻和暗示相結合，所蘊藏的詩的張力，待讀完全詩則心領意會。

　　此詩第二段，「潺潺的河水如今是靜止了／如今是更加清晰了」。並不是「被剪貼在木框上的」結果。理應理解為「河水」在「如今」之前頗長的流程中，淘盡了枯枝敗葉，水面日漸「清晰」，「潺潺」之聲日漸銷匿，令人有「靜止」的錯覺。所以，詩人說「我乃錯誤的／木框上那條河於靜靜中依然在流」。這第三段與第二段，各有不同的暗示，都意在言外。

　　這行詩句，從「木框」起至「流」字結尾，簡直就是一幅總括三段意境的長畫。這裡詩人安排一個同屬「平」音

而不押韻的「流」字，表示意隨音轉，宛如音樂上的暫時休止，吸一口氣，為提昇高一層境界作準備。如此，詩意似斷實續。尾段兩句自問，直白的話是，不然我的童年時光怎會流逝呢？我青青的鬢髮為何斑白呢？此處就體現出詩人駕馭文字的功力：

　　　不然我的童年呢？
　　　我青青的鬢髮呢？

　　至此，讀者當能明白，「河水」是比喻「時間」。而「鏡」，視為名詞時，則是「清河被剪貼在木框上」形象；當作動詞時，則是「曉鏡但愁雲鬢改」（唐‧李商隱〈無題〉）中的「鏡」字，照鏡子的意思。

　　詩人把「鏡」與「河水」兩種意象疊合，創造了如幻似真的意境，在詩意層層遞進的同時，滲入邏輯推理，使讀者於「真相大白」後，仍欲罷不能思索其「真意」。

　　雖然，這類題材的作品很多，大多數是「子在川上曰，逝者如斯夫」的延伸。但在林泉新的佈局下，令人感到另一種詩趣。沒有「臨晚鏡，傷流景」（宋‧張先。詞〈天仙子〉）的消極悲觀。

　　此詩首句就告訴讀者，「那條清河」位於「屋後」。「屋」，是指居家及住所的生活環境，詩人之意不是傍水卜居。倘若讀者同意「生活也是一種戰鬥」，那麼，詩人是在暗示他面對現實背水作戰，只能奮勇向前。詩人以河水的「清晰」「靜止」，暗喻步入中年後的「心明眼亮」，以及

生活上的安定。如今對著鏡子，才意識到童顏不再，鬢髮凝霜。「我乃錯誤的」，是一句自警，生活的腳步，必須緊跟歲月的節奏，永不停留，「靜靜中依然在流」。

　　誠然，這首詩寫的是個人的生活經驗。但為生活奮鬥過的人讀之，將感同身受，因為它深具普遍性。

瑰麗的杯中世界
——賞析謝馨的〈HALOHALO〉

李怡樂

HALOHALO（菲語，混合之意）。是菲律賓一種冷飲甜食。以各式蜜餞、菓凍、牛奶、布丁、紫芋、米花等滲碎冰、冰淇淋攪拌而成。菲華著名女詩人謝馨以「HALOHALO」為題，取「混合」之意，生發出種種聯想而創作。

> 混血兒的風姿，便如是
> 閃過我腦際——融合著西班牙的
> 美利堅的，中國的
> 還有茉莉花香
> 飄揚的呂宋島的……而混血兒
> 他們說：都是
> 美麗的
> （摘自第一段）

入目一杯美麗的「混合」，腦際立即顯現「混血兒的風姿」。追溯歷史，西班牙人，美利堅人，中國人對菲律賓

的政治、經濟、文化等等都深具影響。「混血兒」，無疑是人與人感情「融和」後的產物——愛的結晶——「都是美麗的」。這第一段女詩人聯想寬廣，文筆靈活自然，讀起來瑯瑯上口，似乎毫無「心機」，卻隱伏著深遠的寓意。

> 也是象徵一種多元性的
> 文化背景——不同的
> 語言、迴異的風俗
> 習慣、宗教信仰
> 和生活方式……像各色人種
> 聚集的大都市，充滿了神秘
> 複雜的迷人氣息
> （摘自第二段）

你如果品嚐過HALOHALO，就知道那些菓凍、布丁、米花——雖然混合於一杯中，卻仍然保持著各自獨特的風味。正如女詩人給我們勾勒的，這樣一個自由、進步的社會——不同的語言、風俗、習慣、信仰並存，相得益彰。女詩人巧妙的構思，貼切的比喻，使這首詩散發出「迷人的氣息」。接下來的第三，四段，讀者便能欣賞到女詩人是如何把HALOHALO描繪得有聲有色：

> 又像是
> 一個熱鬧的大家庭
> HOME SWEET HOME

充滿了笑聲、歡樂

與愛，在信奉天主教的國度

人口的節制，是違反

上帝的意志。而傳統的

東方思想，又是那樣重視

家族的擴充和子孫的繁衍……

其實，這是一個慶賀豐收的

嘉年華會啊！

家家張燈結彩

處處歌舞通宵

看！那麼多

那麼多艷麗的色彩……紅、橙、黃、綠

青、藍、紫──都在我杯中

閃耀

　　把兩段詩連起來欣賞，讀者輒能感受到，類似電影鏡頭轉化的趣味。

　　第三段，為室內鏡頭：充滿歡愉的大家庭裡，子孫滿堂，衣著花花綠綠的，個個蹦蹦跳跳──（鏡頭漸漸拉開）那些閃耀的色彩，即化作家家張燈，處處歌舞的室外景象。驀然，鏡頭緊縮，所有閃耀一下子凝聚成HALOHALO「在我杯中」。如此變幻，巧妙地達到首尾呼應的藝術效果，若將此詩製作配樂視頻，肯定非常精彩。

　　這首詩分四段，雖然各有獨自的意象，卻斷中有續，形

成總體上的連貫性；貌似鬆散，其實結構完整、嚴謹。

　　HALOHALO混合而不雜亂，喻為「各色人種」和諧共處，是人類嚮往世界大同的模樣。

　　此詩意象絢麗多彩，但每段都緊扣住「混合」之意，表現技巧純熟，隱去品嚐過程，集中展現豐富的聯想。將理想世界描繪得越完美，就越能反襯現實社會的千瘡百孔，讀者越能領悟愛心的重要，博愛精神的偉大。

賞析一樂的〈寫〉

和權

一直
磨著自己
用毛筆
一葉葉　　寫
一節節　　寫

　　　　　寫
一幅墨竹[4]

　　本詩發表於《藍星》詩刊第十三號，是菲華詩人一樂眾
多小詩中，頗堪玩味的一首。詩人善於運用具體之意象，以
表達抽象之觀念與情事。〈寫〉一詩共二十二個字，以「寫
一幅墨竹」為譬，把作者的心靈狀態，表達無遺。

　　此詩以「一直」之意貫串全篇。第一段起首二句「一直
／磨著自己」，這裡，「一直」可作如下詮釋：一，詩人不
斷地迫著他自己或不停地鞭策他自己的意思；二，「磨墨」

----

[4]　〈寫〉原本是以直式排列。

之形象。第二句「磨著自己」，詩人以擬物法，把他「自己」化作「墨」，一磨再磨，為的只是一個字：寫。為了證實自己存在的價值，詩人自己要不斷地「磨」練，不斷地「寫」……。而主述者是一個心有企圖的人，此詩，字面上是寫一幅墨竹，骨子裡卻是寫作者自己的襟抱。

詩中的「磨」字用得很好。有「修琢」自己的意思；所謂「玉不琢不成器，人不琢不成材」，凡是棟樑，都是經過「修琢」的。當然，詩人深明此理。有「致力於學，矢志不變」的意思：理想之實現，是沒有捷徑的，而主述者知道他自己要想出人頭地，除了學習與勤練以外，須有「貫徹始終」的堅強意志。有「磨杵作針」的意思：詩人相信，只要他自己用功日久，終必有成。有「磨去鋒鋩，折去棱角」的意思：古來多少英雄豪傑，都有道大莫容的心情，都不欲炫才揚己，而作者也想磨去他自己的鋒鋩。此外，詩中的「磨」字也令人聯想到《左傳》：「磨厲以須，王出，吾刀將斬矣。」顯見主述者「預備利器，以待一試」。

「磨著自己」也可象徵詩人創作過程……把自己的腦汁「磨」成墨汁，用以揮灑在稿紙上。有人說：「寫詩，真乃苦事也」。李賀是有名的「苦吟詩人」，他的詩，都是用腦汁「磨」成墨汁而成篇的。李賀「一直磨著自己」，有詩自云：「吟詩一夜東方白」（酒罷張大徹索贈詩），每到他母親怒斥：「是兒要嘔出心肝乃已耳！」（唐書本傳）的地步。由此可見，古來享有盛名的詩家，無不是時刻在求精進，「一直」在「磨著自己」的人。

第三、四、五句，「用毛筆／一葉葉　　寫／一節節

寫」此處，作者用「毛筆」來象徵歷史悠久的中華文化。而憑著優秀的「中華文化」，詩人想「寫」些什麼呢？詩中，「一葉葉」指「一頁頁」地寫，也指君子風範；「一節節」指「一段段」地寫，也暗喻忠臣義志的節操。此外，「一葉葉　　寫／一節節　　寫」也有細心經營的意味，而且這兩句詩是詩人寫「墨竹」的伏筆。作者敬賢慕聖，他心中想「寫」的，無非是謙卑的君子，無非是「節節」往天空步步高升的不變的志向，或烈士的「不肯折節」、「寧折不屈」。

至此「寫」這個字眼，無疑的，是指引筆為書作字，也是指摹畫。可知，詩人所表現的，應是他心中對高風亮節的君子之讚美，以及他心中亟思仿傚先賢先聖之意。

詩中，「一葉葉　　寫／一節節　　寫」其空格值得注意，詩人筆下先出現「一葉葉」「一節節」之後，停頓再出現「寫」字，頗有動感。如作「寫出一葉葉與一節節」就太散文化，也減弱了動態的演示效果。

第二段「寫／一幅墨竹」，首句只有一個字「寫」，頂承第一段最後的「寫」，詩人運用頂真手法，勾牽鎖連，使結構緊湊。這與電影「蒙太奇」的剪接手法，有共通之處。

此外，第一段兩個「寫」，與第二段首字「寫」，在下面排成一條直線，乃是詩人藉圖案畫的方式，給讀者「一直」的感受，使內容與形式相互配合；三個「寫」字排列在下面，也暗示出作者「寫」的過程，一直以低姿勢的「虛心」來「寫」。

尾句，詩人懸出……「一幅墨竹」，使主題浮現出來。

原來，詩人摹畫的是「墨竹」。竹有象徵高風亮節的君子之意，而竹的生命是經過「茹冰飲雪」之磨練；詩人旦夕「磨著自己」，就是要使他自己成為一位有節操的謙虛君子。

竹，站在風裡雨裡寒裡暑裡，仍然堅持筆直、長青，這該是本詩的另一層言外之意吧。

國家圖書館出版品預行編目

一樂詩選 / 李怡樂著. -- 臺北市：獵海人，
2022.12
面； 公分
ISBN 978-626-96408-6-7(平裝)

851.487   111020692

一樂詩選

作　　者／李怡樂
出版策劃／獵海人
製作銷售／秀威資訊科技股份有限公司
　　　　　114 台北市內湖區瑞光路76巷69號2樓
　　　　　電話：+886-2-2796-3638
　　　　　傳真：+886-2-2796-1377
網路訂購／秀威書店：https://store.showwe.tw
　　　　　博客來網路書店：https://www.books.com.tw
　　　　　三民網路書店：https://www.m.sanmin.com.tw
　　　　　讀冊生活：https://www.taaze.tw

出版日期／2022年12月
定　　價／250元